等待秋天

连 禾 著

作家出版社

目　录

旅次行吟

月夜情愫

寻梦之咏

长歌忆往

附录：连禾旧体诗选

序：文字终须身后身

林　遥

一

作家对于自己的初心，其实念念不忘。不管人生千折百回、纵横捭阖，临老回首人生，最想留下的传承，纵然雪泥鸿爪，依旧是自己最在意的文字。

文人对自己文字的留恋，铭心，刻骨。

连禾先生是我的文学前辈，面容方正，传统文人的气象。我记得小时候看电影，知识分子出场，最能贴合身份的相貌就是这种，一见便有了亲和力。先生如今年逾古稀，儒雅，老派人物风范，言谈之际，更是令我心折。

按年纪来说，连禾先生还年长于我的父亲，按踏入文学行当的时间来说，连禾先生写作的年头，更是远远把我甩了八丈远。

某一日，先生来电，让我为他的诗集写点文字。我大诧。我何德何能，敢乱发议论？但长者有命，后学不敢辞。这是老理儿，得守。况且，我生平出版的第一本诗集，即是连禾先生写的序，今日轮到我为先生写些文字，佛典叫“因缘”，儒道则称“和合”，命中注定。

心下遂有大欢喜。

二

十余年前，彼时我方及弱冠，说话做事，只有眼前路，并无身后身。某次，参加延庆县里的文化人聚会，我把延庆的作家们分成了四代，连禾先生在第二代，我自然是第四代。先生回首顾我，莞尔一笑。

从我一九九五年写下第一篇稚嫩小文算起，也断断续续写了二十年。前辈作家说，有体验才有资格写作。一味以灵感弥补功力不足、比拼奇思妙想，终不久长。我已人到中年，对这句话才有所体味。往前眺望，连禾先生蘸着人生体验，已经在岁月宣纸上落墨渲染，笔锋藏而不露，皴擦山石，涂绘出处处峰峦。

有峰峦处，则有断面处。

我一直认为，文字是有断面的。

这种断面，往往是作家本身不曾留意，及至写出之后，却满目惊心，满怀敬畏。

作家常常对自己的作品敬畏。写作不是逻辑思维，即使设计十足地写完，也总会有许多枝蔓丛生的花朵。这些意外往往才是作品的主旨，那是写作时直觉已经感受到，而理性还没认识到。

作品总比作家深刻。作家写出了意外才能叫写作。

连禾先生的文学创作，以诗歌著称，是二十世纪八十年代诗歌浪潮的见证者和亲历者，其文字断面重重，如登山阴道上，目不暇接。

这种断面，可称为时代。

三

京剧名家程砚秋有本自述，其实是他文字的杂集，取名叫作《身上的事》。“身上”是老辈人概念。人，要有成就，身上得有东西。技法、功夫、境界，都会凝在身上。这个概念，涵盖了各行各业。

各行各业，都有自己身上的东西。

普通人只看顾自己的前身，因为前身比后身敏感，前身肌肉好用，后身肌肉不好使劲。武人习武，要求练后身，精益求精。所谓“眼观六路，耳听八方”，既不是眼，也不是耳，而是后身的感应。是以，武人举动，与普通人不同。

文人也有自己身上的东西。这东西，要落在文字上看。

作家写作，年轻时看的都是前方路，信奉“最好的作品永远是下一部”，以笔为犁，耕翻沃野。然而，身后文字须留意，无论你看与不看，身后身终究与你如影随形。

鲁迅说，使他看不下去的有两个人的书，一个是但丁，另一个是陀思妥耶夫斯基。但他认为这二位都是堪称“伟大”的作家。作家文笔真的不能代表全部。民国时，一位叫宫竹心的学生写信给鲁迅，奉上自己翻译的小说，鲁迅看后大为赞赏，很快就给他推荐发表。宫竹心文笔如此之好，却迫于生计，以“白羽”做笔名，写起了武侠小说，断了当文学家的梦想，然后，在自己的各类文字中不停地表示此生的遗憾。

白羽的遗憾在于文学，而我的遗憾在文化。

我对现代化失望，却对传统隔阂。所幸，面前还有连禾先生的文字为我解忧。

连禾先生的文字精彩韵致、张弛有度。我宛如一叶小舟，在二十世纪八十年代中国文学潮涌的浪头中跃上伏下，快意无俦。也许，这才是文学传承的真意。

以此文字做身后之身，连禾先生的背影洒脱。

我辈后学，能明了“心领神会”四字，就已足够。

乡野拾韵

山雀的梦

山雀叫累了
睡了
梦里的雪金黄金黄
像一颗颗圆圆的谷粒

山雀睡够了
醒了
白白的雪像谷粒
沙沙地落着

远远的地平线一片金黄
浑圆的太阳升起来
香喷喷的

1985 年

山谷的太阳

七月　太阳
躲进幽深的山谷
寻找阴凉

山谷里的太阳青青的
青了鸟语
青了寂静
青了一嘟噜一嘟噜的
　　山楂
　　酸酸的
　　涩涩的

金风吹响十月
青青的山谷熟了
青青的太阳熟了
熟成
甜甜的紫红

拣山的孩子迷路了
总也找不见
同他们一起进山的
那颗太阳

1985 年

哦，黄土地（组诗）

母亲匍匐于黄土地

广袤过深厚过慷慨过的
黄土地
初夏的黄昏
苣菜　星星点点
炫耀新绿的生动

远方归来的游子　把
关于童年和苣菜的呓语
撒遍田野
母亲　便又一次
匍匐于黄土地
采撷那支曾属于儿子的
翠绿的歌

此刻　她的眼里
长出渴望
长出欣慰
长出扯不断的柔情
而身边的竹篮
她的汗水、乳汁和慈爱

被夕阳烧成火焰

她想　儿子的鞋
已是两只踪影不定的船
但无论漂泊多远
梦　也会抛锚在
家乡的黄土地

夏夜，看青老汉

萤火虫和蟋蟀们
搅得夏夜
更黑更静了
玉米拔节的声音
很平仄
很有韵味儿　回旋在
月光和薄雾的深处
哦　黄土地里的诗
朦胧中凸出具象

看青老汉醉了
他不懂诗
他只知道
玉米秧很壮实很鲜嫩
有一股热辣辣的亲切
如他
十八岁时的恋人

而那熟悉的声音　撩响
他心底远逝的情歌

是与土地絮语吗
是和自己交谈吗
咔巴咔巴的响声令他痴迷
懵懂的老汉终于悟出——
一株株生命的呐喊

少女，从村文化站走出

田野疲惫的季节
山菊花　把
芬芳的秋夜
交给你

十七岁或十八岁
你——黄土地的女儿
便用稚嫩的肩　担起
一个家庭　而
青春决不停止蓬勃
期冀和追求
带你
走进这个温馨的小院

从此　你
吸吮慷慨的灯光

摇响新蕾的诺言
用爱和汗水　雕塑
一个个瑰丽的夜晚
让寂寞和荒凉
向远处的黑夜遁去

星累了
月累了
你悄悄走出小院
眼睛里快活的歌　吟唱
又一个丰满的日子

1991 年

二月兰

该是无花的季节
痴痴寻觅　竟
感动山神　奉献出
娇弱的二月兰

没有沃土　也
没有溪流
依然料峭的山风
颤抖着灰蒙蒙的早春
二月兰
却默默地
用它的顽强和微笑
展示生命

是在幻想
五彩缤纷的花季吗
是在构思
爱情的美妙细节吗
二月兰
羞涩地摇摇头又点点头
不知说些什么

只有诗人和热恋者
从中读出
那是大山盛开的
希望

1996 年

桃花水

三月，桃花水涨了，
粉红的波浪弹响琴弦。

可是诉说，寒冬腊月——
温暖的希冀，绿色的梦幻？

可是呼喊，屋檐底下——
酣睡的耧犁，静静的长鞭？

可是赞美，责任田里——
小伙的山歌，姑娘的笑脸？

可是慨叹，今日桃花源——
春色更浓郁，生活更甘甜……

它唱着，带着残雪和花瓣走了，
把温润和果实留给大山。

三月，桃花水涨了，
花瓣的音符弹唱着春天……

1980 年

春之夜

温馨的风　频频地
前来拜访　告诉我
地平线那边　山村里
家乡的老房子坍了
（从此，我只能浪迹天涯）
奇怪的是　心头
竟没有丁点惋惜

身边有一条河
流向很远很远
浪里的月影探头探脑
似要对我说些什么
此刻　我
很想跳进水中
踏着时起时伏的花瓣
任其漂流

天边　启明星
一闪　一闪……

1988 年

四　月

没有杜牧描绘的哀愁
没有甩鞭的牧童
没有断魂雨

只有歌的云霭
笑的河流
只有少男少女
牵一轮朝日
在醉醺醺的风里
摇曳诗情　以及
一枝热恋中的红杏
嬉戏于踏青人的胸前
挥洒芬芳

惊蛰刚过
春的嘱托　响彻
田野

1988 年

香椿树

漫天风筝牵来四月
春风　最先把香椿树唤醒
于是
一簇簇鲜绿的嫩芽
向人们眨起期盼的眼睛

想折的尽管去折
愿采的随意去采
为了给生活一缕芬芳
香椿树　默默地做出牺牲

当大树掌起绿荫
当山野一片葱茏
光秃秃的香椿树露出微笑
它
无愧于多情的春风

1987 年

端　阳

细雨打湿了
五月
沿着发黄的纸缝
一个又一个
诗人
走进端阳

自从三闾大夫跳进汨罗江之后
自从白娘子饮了雄黄酒之后
五月才长出端阳
长出许多许多
醉醺醺的
故事

有水或无水的地方
都有人
端着四角尖尖的粽子
找屈原找许仙
找断桥找雷峰塔
耳畔颤颤的艾叶
香了雨
香了风

香了朦朦胧胧的

梦幻

……诗的端阳

……爱的端阳

1988 年

六月，杏儿熟了

可是有人把天宫的珍宝，
悄悄地撒在大山深处？
层层山岭——镶嵌起紫红的玛瑙，
棵棵绿树——缀满了璀璨的明珠……
六月，塞上的杏儿熟了，
粒粒红杏，映出山里人家的富足。

可是思凡的九天仙女，
偷偷地跑到深山落户？
巧手攀枝——采下珍珠串串，
欢歌绕林——招来蜂飞蝶舞……
六月，塞上的杏儿熟了，
山乡姑娘，唱不尽对大山的爱慕。

可是山沟里吉祥的凤凰，
一只只飞出绿色屏幕？
大卡车——载着一座座“金山”奔驰，
拖拉机——携着一缕缕清香上路……
六月，塞上的杏儿熟了，
马达声声，是山里人甜甜的祝福。

白　杨

属于北方　属于
驼铃和枣红马　属于
倔强的赭黄

也唱也笑
也烦恼也忧愁
吟几句拗口的新边塞诗
送别呼啸西行的列车
皱紧嵌着弹片的额头
俯瞰走过身边的
红红绿绿的队伍
几片枯叶
飘进　那即将枯干的河

北方的白杨
一个个铮铮作响的灵魂

当归雁啄碎寒冷
撒下一粒粒太阳的种子
当唢呐吹红
新嫁娘的脸
白杨便抽出芽抽出爱

抽出一个短暂而美好的春天
于是
古长城飘过片片新绿
《信天游》唱出曲曲新声

北方的白杨
一株株永远不死的生命

1994年

牧　笛

从远处
绿色的山谷里飘来
从山谷
弯弯的羊犄角上飘来

像春风向着白云絮语
像乳燕对着溪水呢喃
啊，牧笛
我又听见
童年听惯的牧笛了
熟稔　又带几分陌生

还是那样丝丝缕缕
还是那样缥缈轻盈
只是　哪里去了
那凄楚
那哀怨
那悠悠的别绪离情

每一个音符
都用泉水洗过
湿漉漉的，清亮而洁净

每一段旋律
都被花露浸过
甜甜的
牵一串金色的憧憬

牧笛声声
牧笛声声
拥抱着滴翠的山峦
抚摩着雪白的羊群
也亲吻着　频频掠过的
轻柔的鸟影

啊，牧笛
我真想
变成你曲谱中
一个小小的音符
去组合美
去创造和谐
去吟唱
山里人多彩的生活
和他们甜蜜的梦

1986 年

等待秋天

与春有约
我虔诚地
栽下一株相思树
希冀的情愫引来
蜂飞蝶舞

七月
我躺进
酷热营造的小屋
倾听绿叶热烈的交谈
任风暴肆虐的心湖
漂泊　等待
等待从遥远的远处
驶来
那条美丽的白帆船

西风吹红秋天
相思树上晶莹的果实
醉了许多情侣
而我　却
总也走不出秋雨的阴谋
脚下的泥泞　让我

只能远远地
向红豆们致意

等待秋天
等待
也是幸福

1995 年

秋

山麓
几条嬉戏的黄牛
把漫山绿叶
染黄了
秋
便从牛背上滚下来
滚出——
一颗颗金黄的稻粒
一个个金黄的谷仓
一丝丝沾满金黄色汗珠的笑

1987 年

秋　歌

秋歌
被郭小川唱绝了
秋，总还要
从绿叶上长出来
总还要
歌唱

唱响西风
唱亮月光
唱得蝙蝠衫和牛仔裤们
醉倒在
苹果园金色的旋律里
然后
便兴冲冲地
飘进
山溪的五线谱

1986 年

1986 年

秋之船

西风醉了的季节
黄土地
驶出一辆辆双轮车

于是　金黄金黄的海面
闪过一条条船
男子汉黧黑的手操稳了舵
腰身粗壮的妻子
拽紧了纤绳

船太重了
装着
三百六十五颗失眠的启明星
三百六十五个湿淋淋的太阳
还有一声声乐滋滋的梆子戏

一只只船
载走了秋

野菊花

一朵朵
摇曳的黄金
引来许多
登高人

不临风把酒
不触叶伤秋
弯弯腰
从碰碎的露珠下
拾几瓣不打戳记的
黄金

一缕缕
淡淡的清香　是
山野
秋天的魂

1986 年

赶集的路

嫩绿的芹菜滴着翠，
通红的辣椒喷着火，
金黄的苹果香气醉人，
雪白的萝卜——瞧瞧也解渴……

过去了——一篓又一篓，
过去了——一车又一车，
赶集的路呀，
被抹得五光十色。

“老哥，又背的什么宝贝？”
“嘿嘿，有什么呢？一点山货。”
“大嫂，这趟想买点啥？”
“哎，瞧瞧，捎带挑个筐箩。”
……

过去了——一声声开心的笑，
过去了——一阵阵悠扬的歌。
赶集的路呀，
拥挤着多少欢乐！

画家说：这是五彩的线。

诗人说：这是喧闹的河。

农民说：不，这是党的政策，

生下根，开出花，结了果。

1981 年

犁

绿　褪了
黄　枯了
孤寂的土地
只剩落叶相伴

于是
它
悄悄地走来
在黑色的百褶裙下
埋一颗春的种子
等待春风

1986 年

无花果

没有芳香　没有色泽
你们的名字——无花果

任人嘲笑　随人鄙薄
你们　一句话也不说

世上有多少人知道
那一朵香艳的花正开在心窝
让世俗去赞赏华贵的牡丹吧
你们乐于被称为——无花果

1987 年

葛　藤

阻挡不住天堂的诱惑
所有绿色生命展开竞争

在乔木上寄生是可耻的
在灌丛下枯萎是可悲的
我要寻找自己的路
我是葛藤

任巉岩剐破皮
任荆棘刺出血
我决不会哼一声
因为　我的目标是
太阳和天空

1987 年

红杜鹃

世上有多少种红色
就会有多少种红杜鹃
旅途中有多少小站
便会有多少种杜鹃红

蓬蓬勃勃
装点静谧的黄昏
打扮寂寞的行程
给天空
一片片红色的云朵
给大地
一束束红色的憧憬

杜鹃啼
杜鹃红
啼出心底的诗
红透思乡的梦

1986 年

野菊情

西风渐紧
一丛丛野菊在
枯黄的山峦
开满忧伤

香气愈浓了
色彩愈烈了
只是
不会再有
青春的热烈和奔放
也不会再有
倾诉爱恋的箫声
牵肠挂肚

落英遍地
东篱下的陶令
已写不出诗
只能
在残菊最后的幽香里
慨叹——
夕阳辉煌

1994 年

田　边

细雨飘洒　在
稻田和斗笠上
一行行绿色的诗
淳朴而恬淡

雨的江南
栽种辛劳和希望
几头水牛
悠闲地甩着尾巴

一辆豪华旅游车
蓦地停在田边

撑花伞的女郎
走向暮归的农妇：
能买你戴的斗笠吗？
价钱可以商量
农妇微笑着摘下斗笠
却不理睬递来的钱

女郎目光痴迷
手中的斗笠为何这般沉重

1995 年

田　野

生命的树　匆匆地
奔突嬉戏
有时也迎着西风
讲述一个个挺拔的故事

有男人也有女人　把
冒着热气的山歌
甩进醉醺醺的夕阳
而果实
便在歌声和笑声中成熟

从柏油公路疾驰而过的
汽车里
有人在说　这是一幅
读不懂的画

1989 年

山村之晨

到处是红色的黛色的意象
亲吻着拥抱着
杜鹃匆匆
衔一片相思飞过

家家檐下
干辣椒和黄玉米
灿烂地交谈
而被揉碎的古老传说
星星点点
散落于沟沟岔岔

也有汽笛的欢叫
也有机器的喧嚣
也有呛人的黑烟……
大山腹内
一个没有名字的新生儿
正牙牙学语，似在
朗读一首朦胧诗

林　涛

一声啁啾
溅起一个交响乐的漩涡
许多黑色灰色银色的
喙
啄响大森林
　　铿锵的键
　　铮铮的弦

于是走来肖邦
走来贝多芬
走来冼星海
世界
便踏着风的节奏
在绿色的乐曲里沉浮

1998 年

红　枣

火红火红的雨
火红火红的风
结出了
你

不去理睬秋的诱惑
你用甜甜的果汁
灌醉了
一群孩子

1986 年

露

夜雾
被星照亮了
照成
晶莹的露

于是　从
透明的弧线上
滚下
一颗颗太阳

为了这闪光的一瞬
何惧粉身碎骨

露
不是蒹葭滴出来的

1985 年

霞

憩在海和天亲吻的唇间
衬着蓝蓝的帷幕
愈发红了

晃晃纱巾
便牵来
许多许多眼睛

大海放飞出白昼
它
悄悄地
躲向夜的那边

1985 年

蜜　蜂

薄薄的翅膀托起春天
花便开了

飞来飞去
一个立体的坐标
无数浑圆的轨迹
雀儿啁啾
燕子呢喃
是嘲笑吗——
明知死期已近
还是匆匆地飞

被鲜花忘了
被东风忘了
只有生活牢牢记着它

一条短短的悲壮的路
一条长长的甜甜的路

1985 年

蟋　蟀

用太多太多的心事
谱一支
永远唱不完的歌
美妙的二重唱
（也许是四重唱或小合唱）
缠绵而和谐
夺走了我的梦

隔山隔水的远方
也有这样的歌吗
装点滴雨的长夜
陪伴那双
亮亮的眼睛

把星星唱淡了
把太阳唱红了
蟋蟀们
还在不倦地唱

1985 年

红草莓

草丛　永远
　　藏着秘密
　　藏着阴谋和诱惑

曾有几个强盗经过这里
战栗于野罂粟高举的
带血的剑
偶尔　也有私奔的男女
权把草丛充作新房
于是　山菊花绽开
纯情的蓓蕾

而我
总时时在这里寻觅
那些久违的娇艳欲滴的
红草莓

1988 年

冬

收获希望的季节
落叶飘过山的那边
静静躺下
默默回忆激情的往事

熟透的希望　被
藏进地窖
然后酿一缸浓烈的酒
辣辣地喝几口
太阳便返了回来

摇摇晃晃哼哼唧唧
农人们
把那一颗颗纯真的心
裸向蓝天　眼前
旋转的街心
开满五颜六色的花

是春天了吗

1985 年

雪　天

一只只白蝴蝶　翩飞入
心的栅栏

挽几缕飘柔的白纱
挽几缕惬意
挽几缕遥迢的遐思
走入醇香的酒

窗外　远远地
有红光摇曳
娉婷少女正款款讲述
关于冬天的故事

雪天是猎人的季节　却
不见枪口喷火

1997 年

踏　雪

踏雪的时候　感觉
长成一棵
超越时空的
树
飘逸而冷峻

双脚如弦
踏出洁白的旋律　荡涤
曾被污染的身心

有鸟翩然飞来
有风轻轻拂过
亲吻
纯洁的大地母亲

惬意熨帖脉管
头颅长出空灵
火热的胸腔　涌动
丝丝缕缕的柔情

踏进雪夜　便
潜入童话的意境

冰冷的寂寞

遁去

浩瀚的天宇　响彻

遥远的乡音

2002 年

旅次行吟

周口店中国猿人遗址

北京人

从第一次
用石斧打死双角犀之后
从吃过第一块
烤熟的鹿肉之后
你长大了

长大了就四处走
翻过山
蹚过河
还跨过一条条海峡
陌生的
黑的蓝的或紫红的风
染白了
岁月

那一湾湾浅水
实在算不了什么
游过去再游回来

喜欢“寻根”的北京人子孙

做梦都想
擎一束浸泪的香
去龙骨山祭奠远祖

骨　针

终于
磨尖了磨利了
便用它
刺破洪荒的雾
扎亮浑沌的星

纫树皮兽筋的线
纫长江黄河的线
缝一面
猎猎的龙旗
缝一部
五味俱全的《二十四史》

永世不朽的骨针
至今还在缝
缝太阳红纱巾的破洞
缝海鸥滴血的翅膀

1985 年

云居寺藏经洞

一字一字地刻
一代一代地刻
谁曾料
佛也遭祸
为逃避“法难”
静琬和他的弟子们
日夜不舍

终于
兵也躲过
火也躲过
藏九洞佛家经宝
留给后人评说

1989 年

晋祠周柏

那个叫叔虞的
随便丢一粒种子
不料
竟长成
参天大树

两千年或三千年
在它看来
实在太短太短
打一个盹儿
山长高了
水长高了
秦始皇的兵车
刚刚驶过黄土高原

无争
无求
只是默默地
把崇高与渺小
正义与邪恶
美与丑
讲给想要知道的人

周柏不死
因为
养育它的土地
永远年轻

1987 年

包公祠

匆匆的历史　在
开封那池碧水旁
凸出
一座威严的雕像

进进出出的眼睛沉重起来
恐怖或者汗颜
（然后是窃笑）也
有人咂着楹联的平仄
摇头晃脑

只有历史
只有不苟言笑的包公
默默地凝视着
祠堂内一篇篇发黄的传说

包公祠
凛然的屋脊
清正的门庭
灿烂着
一部《家训》

1991年

自贡恐龙博物馆

在硕大的恐龙化石前
岁月
站成风景
站成人
被第四纪冰川冻结的历史
也早已褪尽清冷的光

此刻　那些石化的恐龙
仰头沉思
蠕动的嘴角似在说些什么
可惜没人能懂

窗外
新绿流淌百花争艳
人的歌　鸟的歌
谱一曲生命的交响
恐龙们皱了皱眉
依然默默无语

1991 年

峨眉月

从粗犷的北方走来
拜谒
峨眉金顶的佛光
却被漫漫浓雾
打湿双眼

到底佛祖慈悲　又从
茫茫雾海里
捧出一弯
湿漉漉的新月

满是悟性的峨眉月
抚慰着
秀秀的峨眉　和
万物众生
于是
山更俊俏水更温柔

而我
将把弯弯的峨眉月
带向远方

却也在九十九道拐的山路上

留下几缕相思

1991 年

太　湖

是长江和淮河的女儿
水灵灵　如
出浴的少女

湖天迷茫
有许多故事
让朝霞夕晖动情
有无尽的相思
牵扯山的衣襟

而唱晚的白帆　正
张开如月的镰
收获一舱舱银鱼
然后款款地划入
成熟的黄昏

1991 年

瘦西湖

如我
苗条的恋人
瘦瘦的水　映出
瘦瘦的二十四桥
热闹着
每一个晨昏

从嶙峋的岁月走来
从遥迢的古道走来
曾有一颗滴血的太阳
在隆隆的炮火里呻吟　或许
至今还有罪恶的箭镞
藏匿于淤泥之中

此刻
人们胸间的些许忧郁
已融入摇曳的碧波
红花胜火
细雨如丝
点缀着
少女红唇上丰腴的笑
手中的傻瓜相机

醉眼蒙眬

而五亭桥下
几弯新月　正
嬉戏于静夜的箫声

1993 年

神女峰

楚襄王匆匆离去
或许
早已忘却巫山　和
巫山多情的少女

千百年的雨雨风风
你已被岁月
剪影成一块巨石　和
一个美丽的传说
却依然翘首远望
对晨曦询问
向晚霞寄语

有惆怅
却不寂寞
身边奔腾不息的大江
把同情和爱恋
献给你　还有
江轮上不同肤色的游人
也向你深情致意

神女无恙

神女峰
与长江永存
永存不灭的　还有
那份对于爱情的
忠贞不渝

1995 年

鬼　城

也有阳光
灿烂着大地
也有白云
湛蓝着天空
也有耕耘也有绿色也有生命
但是　当走近你
总让人脊骨发冷

丰都
从民间永远的龙门阵
从木版书发黄的缝隙
从《聊斋》和《西游记》中
款款走来
向人们诉说　那里
正义如何得以伸张
善良如何接受礼赞
邪恶如何遭到严惩……
自然也有
时时作祟的鬼魅
也有打鬼的钟馗　把
斩邪的利剑高擎

丰都　你是
无奈的人们无奈的呻吟
善良的人们善良的梦境
那摇摇晃晃望乡桥下
流淌的
不仅是亲情和怀念　还有
沉重的思索和品评

走巴蜀过三峡的游客
谁不想逛逛丰都鬼城
面对那
散发霉味的辉煌
红罂粟般的说教
五颜六色的鬼祇
不知你
是醉是醒

1995 年

秦兵马俑

就这样
没有喧嚣　也
没有骚动
年复一年　纪复一纪
你们驭马乘车　在
时间的隧洞里行进
用陶制的刀剑和阵图　注释
遥远的战争

终于　有一天
你们
冲出尘封的岁月
突破深深的地宫
尽管
依旧是铠甲光亮威风凛凛
却不由让人慨叹
沧桑的凝重

惊讶于二十世纪
太阳的辉煌
折服于现代军人
描绘的彩虹

你们羞涩地摇摇头
然后　顶礼膜拜
然后
便化作永远的风景

1996 年

寒山寺

没有乌啼没有渔火
夜半钟声　也已
沉寂许久许久
只让绵绵不绝的香火　把
缕缕轻烟
弥漫了整个苏州

佛的真谛在哪里
实在难悟
竟让远在扶桑的人们　至今
仍在茶余饭后
执着地追求

悟不出又有什么
佛在心中　况且
还有一首永不泯灭的诗
从苏州
吟向五洲

1996 年

大连印象

海　滨

不携妻儿也不带友
独自一人
漫步海滨
享受湿润的风
赐我无限温柔

绿的山与蓝的海
彼此相爱
浪涌时便紧紧拥抱
细诉短暂的离愁
海中　漂泊的小岛
是他们可爱的女儿吗
照样有
山的秀媚　海的娇羞

远方　有
大船小艇驶来
可是同我一样
揣一腔对于大连海滨的
眷恋与追求

棒棰岛

被叶帅吟成
蓝色的平仄之后
你愈发娇美了　而且
遐迩闻名

总有四面八方的人
前来寻寻觅觅
是在找诗的螺号
还是词的贝壳

而你
只托远行的海水　带去
对长眠南国那个
伟大灵魂的
祝福

1999 年

西藏剪影（组诗）

布达拉宫

一千多年前
那个叫松赞干布的吐蕃人
为了爱情
砌起这座木石交错的宫殿
从此
高高的玛布日山
佛光闪烁

便有
一双双合拢的手掌
一双双坚硬的膝盖
磨光了
山路上的每一块石头

以传统仪式
仰望
让虔诚的泪水荡涤心灵　之后
我长成一棵枝繁叶茂的菩提树

纳木错湖

是圣山的一条条根须
延伸　缠绕
汇成一泓碧绿　然后
匆匆地长大长高

据说那是神水

绕湖转上一圈
再掬几滴洗一把脸
神水　便
融入骨髓

连时间也洗白了
连空间也洗净了
于是　尘世间
少了许多贪腐或杀戮

日复一日年复一年
纳木错湖
把神水
慷慨地洒向人间

雅鲁藏布大峡谷

你是冈底斯山神的长子

为找寻弟妹横冲直撞
切出这条
世界最深的轨迹

印度洋的海风
频频亲吻
谷底的热带雨林　和
千姿百态的红杜鹃
而山顶的白雪
崖壁的冰瀑
在湍急的大江中
投下美妙的倩影

走进西藏
走进林芝
走进雅鲁藏布大峡谷
像是走进梦幻的世界
就这样
沿着峡谷一直向前
寻找那株佛光闪烁的雪莲

2003 年

新疆纪行（组诗）

和　田

和田是玉的王国
和田玉是王者的恋人
从古至今
一个个关于和田玉的传说
躁动着华夏

走近那些精美的玉器
轻轻地抚一下
手也润了
脑也润了

拂去历史的尘埃
和田玉　踉踉跄跄地
从沧海桑田中走来
终于走进北京奥运会
和田玉
从此名播五洲
和田
从此融入世界

喀纳斯湖水怪

天色晦暗
喀纳斯湖骤起波澜
那只传说中的水怪
蹿出湖面
（黑黑的，晃动着许多触角）
撞疼了
一双双睁大的眼睛

只有幸运儿
才能走近喀纳斯湖
只有幸运儿
才能目睹湖中的水怪

水怪引来许多人
水怪造出许多臆想
或许　那只是
一根腐朽的木头

坎儿井

吐鲁番的地火
拱出一座火焰山　也让
西天取经的孙大圣
栽了跟头

聪慧的灵猴
为何忘了坎儿井

吐鲁番人不用芭蕉扇
只用粗糙的大手掘出
一眼眼储满清水的坎儿井
引来
远山甘甜的雪水
在地下和地上奔流

吐鲁番人胜似神仙
他们让坎儿井
流出紫红的葡萄
雪白的棉花
金黄的稻谷……
他们
在烈焰滚滚的火焰山下
造出一片片绿洲
然后
把太阳扔进绿海里沐浴

2006 年

北戴河拾韵（组诗）

红宝石和橘灯

海
被细细地过滤了
过滤成洁净的
湛蓝
蓝了潮汐
蓝了涛声
也蓝了
忧郁、欢乐和爱情

湛蓝的海
耐不得寂寞
便用一颗红宝石
打扮晨昏
还从甲板上偷来
一盏盏橘灯
装点咸味的梦

海与帆

海
超重太多太多的信

装一叠叠深情
　一叠叠梦幻

只好
贴一枚又一枚邮票
没有图案的弯弯的
邮票
那是帆

让果敢的海燕衔着
不管多久
也要投到
彼岸

哦
湛蓝湛蓝的柔情
洁白洁白的思念

鸽子窝

在著名景点鸽子窝，游人见不到鸽子……

——题记

鸽子飞走了
飞到海平线的那边
去孵太阳
只留下许多许多的人

每天在礁石上　等待
日出

星

海面上有许多星
我不知道
哪是真的哪是人造的
也不晓得它们的秘密
问海
海只管自言自语
有时也和星说些什么
只是不睬我
因为鄙视　海
把我变成一颗反射星光的沙粒

海　韵

涌浪撞出
黑色的音符
在鱼化石的脊背上.
跳跃

漩涡有几只海怪
远古有一群恐龙

白帆牵动

蔚蓝的旋律
在海市上
轻轻地走

碎雾中有一座岛
薄暮里有几颗星

海滨浴场

北戴河
有一湾美酒
引来
天南地北的旅人
跳进去嬉戏沉浮
醉了　便
倒在海滩
让摇摇晃晃的梦幻
爬过夕阳
追赶远方的蝴蝶群

当他们醒来
稻粒已染黄西风

1987 年

兰考行

泡　桐

是这里的土质
于你们更相宜吗
叶也硕大
干也坚挺
迎风沐雨
昂扬着蓬勃的生命

让典雅的松柏为高山添色
让婀娜的垂柳为名园增光
你们
只愿在这贫瘠的土地上
顽强地扎根
只愿焦裕禄冥冥中的梦
在枝头
开出璀璨的花

黄泛区

快要被词典驱逐了
一行行幼树

正在
占领那块位置

此刻
裸着黄脊梁的汉子
挥洒汗水
浇灌绿的希冀
只等“黄河的事情”
都办好的那天
端起黄河碧水酿制的美酒
去祭奠
那几页发黄的
历史

1987年

神农架拾兴（组诗）

神农香菊[1]

细碎的叶
娇小的花
从云雾里长出来
慷慨地打扮神农顶

曾被神农氏遗弃
也不曾被收入“本草”
如今
却在山妹子的香精厂里
寻到
属于自己的生存价值

于是
在香榭丽舍的林荫路
在华盛顿的街心公园
你用东方的幽香
醉了一对对情侣

---

① 神农香菊为生长在神农架的一种野菊花。

铁坚杉

一个老态龙钟的巨人
正用历史的深邃
　　诗人的睿智
俯视着慕名而来的青年
告诉他们——
那颗星几时熄灭
那条水几时干涸
那些镌刻于年轮里的名字
是怎样地认不出来了……

铁坚杉
原本就是一首古老的诗

红坪画廊

有纪实有写意
有抽象有荒诞
有古筝梵阿玲电子琴
演奏
山色水色月色

画廊里
一幅幅临摹不出的画

或许只有一辈子潜心修行
才能悟出真谛
难怪李白
终未在黄鹤楼题咏
难怪画祖画圣
也都不敢
来红坪泼墨

而我　却从
离开时的回首一瞥
牵来两行
永远写不出的
诗

雪　杉

远远地看一眼
目光
便凝成洁白的冰
好高的海拔哟

而你们　却
永远骄傲地
伫在那里
陶醉于
每日饮几口幽默的云

或者朗读
荒草甸里蓬勃生长的
青青的梦

1987 年

静夜曲

——写于大兴安岭

此刻，冷月下的
大森林
不再唱歌了
是在抚慰裙裾上
劫火留下的黑色伤疤吗
是在擦拭焦土上
斑斑点点凝固的泪痕吗

寂静的大森林
静出
悠长的虫鸣
啼血的子规
重重的叹息……

寂静
是一支更深沉的歌
震颤着复苏着呼唤着
骚动的魂

车城印象

路

车城的路
弯弯曲曲
是被山撞弯的
是被树扭曲的

从山腰长出来
从树缝长出来
长成波浪状的五线谱
汽车的音符
奔驰跳跃
演奏一支
永远没有尾声的
交响乐

楼

山
缓缓地长
楼
发疯地长

终于
山与楼并驾齐驱了
只有楼旁
土坯房的断垣
还做着
生锈的梦

而攀上楼顶的
牵牛花
高擎着夜光杯
用带股汽油味的山葡萄酒
为车城
祝福

1987 年

神农架致大兴安岭

——神农架诗简之一

隔一千重山一万条水
也听到你战栗的呻吟了
也嗅到你焦灼的气息了
也看到你鲜红的泪滴了
哦，一百万公顷林莽
　　一百万立方原材
　　一圈圈奋斗的年轮
　　一个漠河县……
就那样轻巧地
毁于火神二十八天的肆虐

大兴安岭
我可怜的兄弟

谁之罪
　谁之罪
　　谁之罪？！
是王宝静汪玉峰们麻痹的神经吗
是木梓子和柴油桶可咒的易燃性吗
是大小纱帽翅下木质化了的灵魂吗……
历史，人民，法庭，良心
将会公正地审判

并将
从化石从佛经从乌龟壳上的蝌蚪文字
抄写所有绿的哲理绿的律条
昭示世界

至于我
只能用一支柔弱的小夜曲
轻抚你被灼伤的耳廓
只能用几掬酸涩的泪水
浇湿你干裂的双唇
只能用地下修长的根须
远远伸向你脚下焦黑的土地
（期盼尽快滋生一片绿海）
只能用随风飘曳的绿的情思
给你些许无足轻重的慰安……

在屈辱痛苦的痉挛之后
让我和你
严肃地对人们说
你们从我们身边走出蛮荒之梦
那么　在摘下现代文明之果后
就高擎着凯旋之旗
回来吧

1987 年

“野人”致公民

——神农架诗简之二

请别再制定耸人听闻的消息
别再哗众取宠
别再一次又一次荷枪实弹地
围剿
（像搜捕巴格达窃贼）
惊断我们安宁的梦

不要忘记　我们
和你们
一起从第四纪冰川走来
一样是日月精华繁衍的实体
一样会哭会笑会恨会爱
（甚至报复）
何必空劳心思地猜测
何必跋山涉水地探奇
我们黄皮肤的兄弟姐妹哟
去参加人生化妆舞会吧
去建造楼房种植生命吧
去续写《精卫填海》《夸父追日》吧
或者，干脆杜撰一部《野人传奇》
赚几元稿费
华夏之大

足够你们跃马驰骋了
足够你们抒写圣洁的情愫了
何必……何必……

请不要再寻寻觅觅，你们
找不到抓不住打不死
我们
但会有一天
我们将自己走出神农架
与你们为伍　并且
告诉你们
关于自然界真善美的极致
关于“野人”缠云拽雾的秘密
以及一部
被扭曲了的历史

1987 年

箭竹致大熊猫

——神农架诗简之三

听到我的呼唤了吗
大熊猫
我已真真切切地听见
从川西北从甘南从藏东传来的
你们被饥饿驱赶着的疲软的脚步
于滂沱大雨中悲恸的哭泣

走过一个个地质年代
走过一个个光的世纪
你们成为活化石
　　成为国宝
　　成为头顶光环的尤物
却不曾料到
厄运也会悄悄走来

一定是山妖作祟
漫山的箭竹才突然枯死
或者竟是一个荒诞的梦
悬挂于启明星的额前
据说　睿智的人类宣布
“可以——让熊猫迁居神农架”
（一个大胆而聪明的计划）

于是我们翘首以待

我要
把沾满喜悦的叶给你
把浸透期待的汁给你
我的蓬勃的绿色生命
也是你们——大熊猫的生命
哦
神农架宁静而浪漫的晨昏
将属于——我们

三十六计走为上
大熊猫呀
在不很遥远的神农架
我
恭候你们

1987 年

八达岭情思

不是荒诞无稽的神话
不是璀璨瑰丽的幻想
巨龙
一条实实在在的巨龙
蜿蜒于大地的胸肌之上
两千年力与能的积蓄
两千年爱与恨的凝聚
终于
它用触须拓出江河
它用鳞甲拱起山峰
它用奔涌的热血
撞击出一次又一次电闪雷鸣

古长城
一条期待腾飞的巨龙

揪心裂胆的哀怨
金戈铁马的奏鸣
千秋功罪的评说
从凝结着黄色汗滴的砖石上流来
从呻吟着的黄色骨殖上流来
从广袤的黄色天穹里流来

从曲曲折折的黄色历史中流来

古长城
一支淌着黄色旋律的交响曲

是腾飞的时候了
挣脱有形无形的羁绊
伸开带着伤痕的筋骨
九百六十万平方公里下的地火
是能量无尽的推进器
巨龙
将沿着椭圆形的轨道
飞往宇宙

是欢唱的时候了
大气磅礴的黄色旋律
带着十亿炎黄子孙的情愫
飘向波罗的海
飘向夏威夷
飘向亿万年冰封雪盖的南极

古长城
一根串着历史竹筒的丝绳
一个永远不死的民族魂

1994 年

长城随想录

1

被大漠的海市骗了
巨龙
拖着饥饿的身躯
艰难地蠕动，终于
把头扎进渤海
一千年
两千年
总也喝不够

2

十二年一个周期
——龙的节日
龙灯龙船龙舞龙画龙歌
热烈而虔诚
古长城
眨眨眼
又眨眨眼

3

岁月，蜿蜒成
缠缠绵绵的哀怨
凹陷处
贮满
孟姜女的眼泪

4

而凸起的敌楼
七十多万个太阳
七十多万个月亮
悄悄地
从堞口溜过
于是　龙的鳞片
熠熠闪光

5

莫道金戈铁马
莫道大漠孤烟
也有红花胜火
也有柳岸闻莺……
长城万里
挡不住红杏出墙

6

生活
曾被牢牢地禁锢
泪水
被沙漠蒸发了
被狂风卷走了
但历史　却
从云隙里冲出来
并摘下一片
璀璨的霞光

7

断坍的基石
残缺的城堞
竟引来
一群又一群人
他们
是在用血和泪
浇铸散砖碎石吗

8

突然有一天
习惯于沉默的炎黄子孙

爆出一声——
“爱我中华，修我长城”
八颗铮铮作响的音符
在秦石汉砖上，敲出
一曲新的
《义勇军进行曲》

9

玉皇大帝死了
哪吒死了
巨龙腾飞的时刻
到了

10

于是便有更多更多的人
攀上八达岭慕田峪古北口
黄皮肤白皮肤黑皮肤
聚在一起嬉戏　像
一个和谐的家庭
腾飞的巨龙啊
会将他们带向哪里

1989 年

长城偶拾

春日　擎一柄花纸伞
去登长城

天那样低
　那样低
耳边掠过
牛郎和织女的窃窃私语

世界真小
　　真小
抬眼就能望见
南极冰川上的
五星红旗

春日　整个地球上的
人
都在长城上挤

1989 年

妫川拾韵（组诗）

京郊延庆，古称妫川，山明水秀，俯拾皆诗……

——题记

龙庆峡

从山崖上抓一把便是画
从水面上捞一把便是诗
于是　画家和诗人
逃之夭夭了

而小船
载着“漓江”“三峡”“阳朔”
悠悠地
寻找知音

洞沟石窟

一盘远古的记事绳
石窟是结
一个个故事　或者
一个个名字

谁也说不清

我想
只要抓住一端向前走
总有一天
它们一定会说会笑

滴水湖

怎么也找不到湖
只有缕缕雨烟
一个劲儿地
向远处眺望　因为
围湖的吸水石悄悄地
溜了

据说　吸水石
走向都市的街心
它们说
那里也需要美

木化石群

时间在这里凝固
记忆也已消失
只有一圈圈闪光的年轮

还在展示

曾经辉煌过的生命

1989 年

龙庆峡印象

一条幽深幽深的峡
（有人叫它“小三峡”）
一条碧绿碧绿的江
（有人称它“小漓江”）
自然，就有
奇松怪石轻舟大橹古刹晚钟

曲曲的
拐弯处，有
屈原李白苏东坡郭小川
款款行吟
瘦瘦的
日间细细的太阳雨
夜里纤纤的月光
静静的
静成
关关的鸟语
蜿蜒的虫鸣

于是便有人远道而来
采撷诗情摘取月光聆听寂静
而返回时

老者的白发黑了
童稚的歌喉亮了
他们说，只因
在龙庆峡的神仙院里
走了走

1989 年

山·湖·草原

——写于康西草原

山　把影
投在湖里
湖　静静躺在
草原怀抱里
于是
大草原有水也有山

绿的山绿的水绿的草
织一幅滴翠的画
那些骑马跑进画中的人
便再也不想出来

1990 年

康西草原的月亮

康西草原的月亮很现代
众目睽睽，也敢
与官厅湖水亲昵

热恋中的男女
恨恨地说
真想拽下那月光
当针
再扯一片湖中碧波
做衣料
缝两套新婚礼服

1990 年

写在西行列车上（组诗）

小　站

是茫茫戈壁的
一串《天方夜谭》
年年月月
风在讲
雪在说

故事里的笑
都被列车带走了
带向四面八方
留给自己的
只有梦

梦里总是火车
匆匆走下的
总是那么几个人
帆布包里
装满亲情

风沙弥漫的小站
从来不寂寞

呼啸的汽笛倾吐着
相互的问候

雨

不知在炽热的云空
搏击了多少回合
碰响了雷
撞亮了闪
终于
重了　圆了
终于
轻轻地落下

哦　虽隔一层玻璃
也嗅到了你
也吻到了你
一滴一滴
打湿了干裂的烦躁
漾起了心湖的涟漪

夜

目光拽不住夕阳
眼睛累了

流动的昏黄
变幻的海市
悄悄地
藏在轮下
黑暗正酝酿着
一场沙暴

只有那颗星
追着告诉我
那棵树
那片湖
那条小河
以及阳台上
绿色的憧憬
只有列车
忠实地丈量着长夜

星星远了
太阳近了

灯

一闪一闪
是大西北
失眠的眼睛吗
如萤火点点

却照得很远很远
牵动着
一颗颗心

1987 年

月夜情愫

夜

近处　是
梦
距梦更远一点
是太阳

而我静静地
小憩于梦与太阳之间
与历史和哲学
对话

1995年

月夜听琴

一曲《二泉映月》
悠扬了天籁
满天星斗　便
不再眨动眼睛

舒缓的节奏
流淌忧郁
如诉如泣的节奏　空灵
炎黄子孙的情愫
短短的休止
沉寂出一个长长的思考

二泉依旧
琴声依旧
只是
那愈加清澈的泉水　却
映亮弦外
绚烂的风景

哪里有黄色的面孔
哪里就有

《二泉映月》的袅袅琴音
缠绵
永恒的岁月

2001 年

恋之梦

相处很久了
总也
猜不透你
朦朦胧胧　如隔着
高高的山深深的海

你脸上的阳光总是
潇洒地
映出黑眼睛里的智慧
也抚出嘴角青春的笑
就连沉思时的憨态
也格外辉煌

只是不知道
我心湖里的几缕哀愁
何时
才会在你脉管里
开出殷红的花

相处很久了
近近地

看你

很熟悉又很陌生

1991 年

邂　逅

我们又一起走在这条山路上
还是迷迷蒙蒙的云空
飘着柔柔的毛毛雨
还是那
深情的山明净的水相思的树
只是　你
已不再是你了
你已成为三个孩子的母亲
而我也漂泊成一叶枯萍

捡山杏的孩子天真地看着我们
赶驴车的汉子异样地看着我们
二十年前就满脸皱纹的老太太
宽厚地看看我们　然后
笑了笑（她总是那样宽厚地笑）

而我们　也已
不再拘谨不再羞怯
只有相互熟悉的目光　暂时
在夕阳里融为一体

山路很短　一会儿

我们就将各奔东西　并且
带走沉沉的灵魂的负担
期盼　再一次
共同走这段路的日子

1992 年

十八岁

——献给我的年轻朋友

十八圈激情的年轮
十八片呐喊的绿叶
十八个光点织进生命坐标
十八支生日蜡烛淌出青春的蜜
天是红的
地是红的
人造卫星是红的
李白的胡须也是红的
十八岁的世界
奔放而热烈

哦，十八岁……

十八岁的血管涌成长江
雄壮的川江号子
撞碎礁石
撞碎峭壁
撞碎死的诱惑
十八岁的目光炯炯有神
诗人的博士的将军的部长的
向整个宇宙辐射

哦，十八岁……

十八岁的力在膨胀
十八岁的情在奔涌
一次肱二头肌的隆起
便有一座山耸入云端
一次高低杠上的腾跃
便在异国升起鲜艳的五星红旗
一次习作有幸变成铅字
便留下蒙娜丽莎式永恒的微笑
一次异性间的轻握
便长出一串串透明的梦

连误会也是浪漫的
连妒忌也是真诚的
连口角也是甜美的
只有冬天悄悄地死了
只有历史课本
还在嘟囔着灰色的故事

十八岁啊！

1990 年

人　生

如船
颠颠簸簸
海的热情
被汗水鼓动起来　涌成
潮汐

夜与昼
毫不留情地敲打
不言不语的锚　或者
淡淡的轻云

而永不沉没的期盼
撞碎浪花
闯过漩涡　等待
那颗遥远却炫目的
流星

1995 年

中国花瓶

一只只神秘的
东方精灵
宋代的或
元代的

鱼跃
蝉鸣
蝶双飞
花绽蕾
蓬勃的图案
空灵着时间

被丝绸之路的风沙磨光
被大海蓝色的雷电洗亮
于是布鲁塞尔博物馆内
耀出古神州瑰丽的光彩
而巴黎宏伟的卢浮宫里
日夜奏鸣着宋词元曲的旋律
中国的花瓶让西方人眩晕了
总弄不清里面究竟装的什么

　　　而那
　　立体的图案
　　生命的图案
　　将会永恒地流动
流在艾略特怪诞的诗行里
流在大不列颠百科全书中

1986 年

雾里行

——给改革者

雾　茫茫雾
从太平洋上刮来
从大林莽里流出
悄悄地
锁住了大山

灌足了老白干
紧一紧鞋带
西服和中山装们
向深山进发了　不理睬
身边缭绕的雾

当湿漉漉的太阳
焕发出玫瑰红
雾
才不情愿地散了

此刻
山径上曲曲折折的脚印
已长出簇簇新绿

1986 年

中秋月

都说
今晚的月
最圆最亮

是被一片片思绪
团圆的
是被一双双眼睛
照亮的

去寻找吧
那系在圆周上的
无数颗心
准有一颗
属于你

属于你的　还有
一缕情思
几滴眼泪

1990 年

龙庆峡冰灯剪影

——给一位冰灯雕塑师

你说
你曾在一天夜里
梦见白娘子款款走来
并且迷上了
龙庆峡的水色山光

于是　便有了
玉砌冰雕的《白蛇传》
一个奇妙而大胆的构思!

那把闪烁着柔情的刻刀
轻巧地
雕出神雕出仙雕出怪
也雕出形形色色的人
可惜　件件作品
都带一股寒气

而你一点也不后悔
从观众惊讶的眼睛里
你得到赞叹得到欢笑　得到
一腔沸腾的热血

1988 年

精　灵

——写给龙庆峡冰灯

抛开灰色的寂寞
驱走枯燥的寒冷
天与地之间
陡然
诞生出一群
雄壮而活泼的精灵

沉思的古堡
威严的宫廷
喧嚣的城镇
宁静的塔亭……
晶莹着剔透着
大千世界芸芸众生

冰灯　冰雕
冰雕　冰灯
伫成炫目的灿烂
伫成瑰丽的风景

哪怕转瞬即逝
瞬间即是永恒

1997 年

山　路

——献给乡邮员

高高地站起来
顶一颗太阳
轻轻地滑下去
亲吻明月
似一条条热情的手臂
抱紧了
中华

路很长很长
驶过雨
驶过雪
驶过白色的鸽翅
绿邮包里
装满甜美的梦

山路很有魅力
牵着
一双又一双眼睛
山路也很肥沃
绿叶上的花
永不凋零

1988 年

给一位复员军人

生命的二十五个春秋
有笑有泪有战火有硝烟
而记忆深处　总是
老山前线那个辉煌的定格——
扶着岩石　你
任鲜血染红晨曦

当你
把老山石握得滚烫之后
把木棉树嗅得深红之后　便
毅然携一盆老山兰
走向
那块熟悉的土地
用镰刀
割断奶山羊的咩咩声
用电子乐
催得雏鸡疯长

从此　你的脸上
绽出农民企业家黧黑的骄傲
而一位姑娘又

慷慨地

送来许多不眠之夜

1988 年

寄自大墙里的诗笺（组诗）

梦

梦里总是
血、械斗、黑色枪管……
夹杂着
海涛般的惊悸

梦里总是
一再重复那个苍白的故事
结尾处
闪着一双双谴责的眼睛

每次从噩梦里醒来
被审判的灵魂
在秋夜的冷雨里
瑟瑟发抖

然而　我终于相信了
那个戴盾牌的人说的
总有一天
我也会做一个
甜甜的五彩缤纷的梦

探监的日子

一只只焦渴的眼睛　终于
牵出了
慢吞吞的太阳
长长的期盼　从窗口
探出绿芽

盼来了
盼来了想见又怕见的亲人
他们　总是带着聚光镜
把我心底风雪泛滥的黄昏
照得暖暖的

探监的日子
许多许多的泪
把天洗蓝了

夜

夜
从广袤的天宇徐徐落下
竟也遮不住
大墙内
一双双睁大的眼

总是噩梦惊魂
总是月色如铅
快些吧
快些走进永恒的天国
了结这
太多太多黑色的记忆
太多太多扭曲的意念

只是
茫茫夜啊
为什么
却有耀眼的星光
一闪一闪

红舞鞋

穿上红舞鞋　额头
再次绽开
十二岁的年龄
旋转的你
任热烈的风　拂去
子夜时梦的呻吟
黎明前泪的忧郁

穿上红舞鞋
一步一步
踏出新的节拍

血管里
夏日的火焰　此刻
又一次烧红
脑中那颗枯萎的
太阳

往　事

蹚过山溪
牵牛花摇响晨露
映亮
蝴蝶翅膀的希冀　和
那原本稚嫩的梦

也走过白色峡谷
雪崩了
侥幸未死的“野人”
在撕碎的日历上徜徉
并且留下一滴滴血

终于
往事栽进大墙
落在地板
溅出的凛冽回声
冷透心脾

觉出冷了

或许

我的血

还有几丝热气

1989 年

六弦琴

不是《胡笳十八拍》
不是《雨打芭蕉》
六弦琴上跳荡着的　是
两颗心
于是便有
漂泊不定的纯情
莫名其妙的伤感

干脆　把
六根弦拧成一根
让两颗心拽紧
当心跳的节拍同步时
哪怕只一根弦　也能
奏出殷红的旋律

1988 年

花纸伞

惧怕
冰冷的雨
两颗滚烫滚烫的心
匆匆躲进
花纸伞

一边遥想
戴望舒笔下那棵丁香树
正叮叮咚咚　演奏
爱的旋律

1988 年

别

两只手
握了一次又一次
握出了汗
握出了泪

握疼的手
终有不疼的时候
只有你的目光
永远地留了下来
而我的眼睛
却随你远行

1988 年

恋爱季节

丁香雨
撑开粉红的折叠伞
麦苗青青　染绿
浪漫的黄昏
遥远的风　刮来
恋爱季节

你很富有却不懂恋爱
只知道
按电影或戏剧的方式
结构和遐想爱情
于是
你只有一次次的失败
被摒弃于恋爱季节之外

恋爱季节　你
用一把旧吉他
弹奏爱的进行曲
也有一个个绚丽的蓝图
描绘美妙的恋爱细节
可那是秘密
你不肯轻泄于人

恋爱季节
你所有的细胞都很活跃
爱的影子欢蹦乱跳
在情人永不会相遇的地方
而楼房的一角
总传来窃窃私语

1988 年

梦
——女儿的话

真是个
稀奇古怪的梦
我梦见自己
突然长成一个巨人
在太空里游荡

地球真小
像一小块翡翠
在手指上闪光
向月亮吹口气
那棵桂树
便开出璀璨的花
随手摘下一枝　送给
外星人
他们都说
很香很香

1989 年

夕阳颂

高原如血
地平线如血
红色的漩涡里　夕阳
静穆而丰满

老人们
喜欢伫立喜欢凝视
也喜欢黄昏　喜欢
夕阳酿制的
多彩的梦幻

辉煌壮美的夕阳
虽已褪尽
拂晓的蓬勃正午的强悍
依然很年轻很春天
一任晚霞
融化
或曾有过的几缕遗憾

被季节洗亮被岁月沉淀
夕阳之花
因走过暗夜而洁净

因搏击风雨而娇艳

决不嫉妒晨曦的风采
决不追求八九点钟的灿烂
夕阳
有自己的时间和空间
长河落日　照样
染红远去的征帆

高原没有尽头
地平线没有尽头
天边伫立的夕阳　时刻
骚动着瑰丽的火焰
并且迸出沉甸甸的
成熟　温暖着
一条条河一座座山

1992 年

寻梦之咏

冰情雪韵

——献给 2022 冬奥会

小海陀山的歌

曾经　沉重的身体
驮负着灰蒙蒙的天空
眼前总是风沙枯草
梦里　也总是
异国雪峰上陌生的倩影

忽然　闪电划过山顶
大地欢声雷动
第二十四届冬奥会
落户北京落户张家口
落户延庆的小海陀山

小海陀山从沉睡中醒来
她帅气地昂首高歌
歌唱皑皑白雪里热血的澎湃
歌唱晶莹冰面上青春的跃动
以及 2022——
雪橇雪杖翻飞的热舞
五环旗炫出的彩虹

我们在雪中相恋

这是雪吗
竟在不经意间
擦出火花

飞起来
飞起来
我们在天空中
幸福地紧紧拥抱

远处
高高的阿尔卑斯山挥动银杯
（杯中有酒吗？）
而乞力马扎罗山　用它
洁白的笑声
送来祝福

我们结婚吧
让白雪见证　这场
天地间最纯洁最晶莹的
爱情

2016 年

站起来的黄河

一个早晨
黄河
突然挺起四百八十万米的身躯
站了起来

黄河站起来了
脚下的巴颜喀拉山
微微发颤
不明星际的飞行器
在颈边飘曳
拍下西行商旅
　　秦皇战车
　　成吉思汗马队
以及
二十世纪漂流者们的
珍贵照片

站起来的黄河
仰起装满东方哲学的头颅
睁大闪着智慧之光的眼睛
那张文学家的嘴巴
正向三山五岳讲述

自“女娲补天”以来所有的
故事

决不是米开朗基罗刻刀下的沉思
决不是荷马笔下无穷的想象
轩辕氏　尧舜禹　以及
文王百子的后裔们
把滴着火的眼泪贮满黄河
站起来的黄河
又用纷纷溅落的珍珠
打湿每一个炎黄子孙的
灵魂

黄河
稳稳地站在地球之巅
从南极到北极
留下一个
　　　长
　　　　长
　　　　　的
龙的影子

1988 年

雪中，一个少女

1

雪花飘飘……

绵绵群山
挺起僵硬皴裂的手
托一个摇摇晃晃的
山村
摇摇晃晃
终于没落下深谷
没落下的
还有一个山村少女
一个
在漫天雪花中伫立沉思的
少女

那些豪放冷峻的白色精灵
陶醉于你
十八岁的丰满
和脸颊上浮动的馨香
你和白雪
融为一体了

只有摇曳的枯草
眨动着晶莹
只有跳跃的神经
连接着梦幻
只有那条鲜红鲜红的纱巾
轻轻抖动
向着母亲的眼睛
向着雪的源头
（五十万年前的雪也是这样的吗）

一个古老的冬日
一首深沉的抒情诗

（骑虎的山鬼
从远处走来）

2

你
从一条快要干涸的山溪
漂来
从时圆时缺的山月里
走出走进

终于有一天
你听懂了蝈蝈的歌声

大山给了你太多太多
锈迹斑斑的故事
你拿它们缠绕枯黄的古藤了
只给自己留下长着翅膀的
春天的童话

哦
一片雪花
一片思绪
那些闪光的银镞
要射向哪里

（山鬼微笑着
在附近徘徊）

3

你是大山稚嫩的骄傲

背着小学生的黄帆布挎包
你
曾去萨特的王国遨游
也曾走进哥伦比亚
那个陌生的小村
也曾在蔚蓝色的海边
与一个勇敢的老人攀谈

那些冷冷的铅字
竟会在甜甜的雪中
幻出奇妙的海市
那个
自由女神下喝香槟酒的女郎
是你吗
那个
未名湖畔低吟朦胧诗的姑娘
是你吗
那个
三峡江轮上讲神女峰的女导游
是你吗

如雨如烟的诱惑
杂杂驳驳的思绪
被硕大的雪片
濡湿了
融化了

（山鬼悄悄地
向深山走去）

4

此刻藏在衣袋里
开着粉红色小花的信笺
湿漉漉的了

（陆续出山的小伙子
已长成英武潇洒的男子汉
他们从北京从上海
甚至从香港从海外
向你抛来炽热的红线）
你为什么
一封也不打开
你只喜欢六角形的白色花吗
你只爱听雪花触地的声音吗

你一定知道
脚下的山正孕育着葱茏
漫天的雪片将弹出多彩的交响
你的爱
也将在这里结出醇香的果

脚下的泥土
一阵阵发烫

（山鬼不见了
老虎也不见了）

5

你
又看清了那条
通往大山深处的小路

路边的铁树已经开花
驼色的瓣内
落一只红蝴蝶

伸手捏几片雪花　热热的
你忽然觉得
自己纤细的手
也能托起摇摇晃晃的山村
并且把它
放进伊甸园

雪花
　飘
　　飘……
飘飘雪花中
伫立着
一个永远属于大山的
少女

　　（你就是那个
　　骑虎的山鬼吗）

1985 年

北　方

不仅仅是

　　颤抖的洁白的舞

　　旋转的浑黄的歌

也有翠绿翠绿的桑林

拴几只粉红色的蝴蝶

也有紫丁香的思念

被风筝带向远方

不仅仅是

　　秦砖汉瓦里发黄的日历

　　常常停摆的古老的时钟

也有牧笛和六弦琴

演奏玫瑰枝头的朝霞

也有躲进深谷里谈情说爱的

十五的月亮

不仅仅是

　　盘坐驴背上的老奶奶

　　系羊肚手巾的憨小伙

也有穿牛仔裤的年轻经理

在与蓝眼珠的老板谈判之后

旋进扭扭摆摆的周末

也有魔鬼般的螺号
引来西子湖畔的姑娘
哼着蓝花花
走进紫红色的蒙古包

北方
也是色彩缤纷的三百六十五天
也能播下
沾湿就发芽的种子
也淌着酒和诗

1984 年

题一幅素描

沉默的房子古树的枝丫
摇曳着悠远的歌
惊悸与传统的血
酿出
山村古朴的魂

和谐　如蔚蓝的海
掠过几只鸥鸟
跃动的色泽　弹奏
一曲醇厚的乐章
而人体
真与美的创造
让九泉下的悲鸿先生
惬意地微笑了

哦　起伏于
万里长城上的思绪
流淌于
黄土高原上的情感
正
蓬勃着永不凋谢的
生命之花

1996 年

十　月

一圈一圈
曾经麻木的年轮
滴过血
淌过泪
却积攒着许多许多
喜庆的爆竹
绚烂的色彩
并且都在十月
蓬勃地长出来

那些百灵般灵巧的嘴巴
永远张不开的嘴巴
那些清如秋水的眼睛
永远戴黑墨镜的眼睛
都在十月
唱出最美的歌
闪出璀璨的光

血泪
终于凝固
沃了脚下浑黄的土地
长不尽的年轮

结满翡翠

那棵树

更加郁郁葱葱

1988 年

蓝天与十月

蓝天与十月叠在一起
叠出
国槐和侧柏的神韵
月季和菊花的香魂
叠出　一个个
醉醺醺的日子

每一个早晨都是透明的
晶莹了
冉冉的长须
稚嫩的童颜
十月
永远年轻

年轻的十月跳着唱着
匆匆地
走过宽阔的十里长街
走过迢迢的唐蕃古道
走过海
走过云
然后

便在那棵古老的树上
开一朵朵绚丽的花
结一颗颗硕大的果

1988 年

花篮，我的礼品

用绿叶上的缕缕阳光
用蓝天上的丝丝白云
用山里淡黄的野菊花
以及一颗虔诚的心
九月　我编织花篮
编织一件圣洁的礼品

掐一束责任田里肥硕的谷穗
裁一片柏油路旁垂柳的绿荫
放一条家庭工厂的产品广告
花篮哟，装一个富庶的山村

也装进父亲皱纹里的微笑
也装进母亲厨房内的清馨
也装进新居阳台上醉人的傍晚……
花篮哟，装满了生活的欢欣

呵，花篮——我的礼品
我要把你献给十月的第一个早晨
而且　放在金水桥头
去映衬庄严辉煌的天安门

1985 年

红花绿叶

精致的脸盆、暖壶、钟表，
漂亮的被面、服装、皮鞋……
——这哪里是国营百货商店？
分明是走进神话里的境界！

肥美的鸡鸭、山兔、鱼虾，
新鲜的苹果、黄瓜、烟叶……
——这哪里是集市贸易市场？
准定是闯入神妙的天街！

从国营商店到集市市场，
我眼顾不上眨、脚没工夫歇——
看不尽：五彩缤纷，一片兴旺，
听不够：人来车往，笑语不绝。

有人非要我打个比方，
咳，说出来——怕未必贴切：
国营商店像一朵红花，
集贸市场如一片片绿叶。

没有红花，绿叶该多么单调，

没有绿叶，红花也一定凋谢；
啊，党的政策如东风化雨。
经济之花才开得这样浓、这样烈……

1982 年

归　雁

用夏雨洗过翅膀之后
用秋露润湿喉咙之后
你们要走了
远方　高高的椰子树下
有一个爱哭爱笑的
小姑娘

摇曳的风筝
牵一串洁白的鸽哨
喋喋不休
是在追问归期吗

驮起南方和北方
驮起绿色的追求
你们扇动着沉重的翅膀
滑向那条
印满“人”字的轨迹

1984 年

风的话

风在说什么
没有人听得懂
风是从很远很远的地方
吹来的

不管懂不懂
风还在说
絮絮叨叨地
告诉大山的每一条褶皱
以及褶皱里长满茅草的瓦房
关于旋转的楼房和迪斯科
关于“挑战者号”和火星人
关于郎平和聂卫平……

终于
手扶拖拉机开进来了
俏小伙也穿起羽绒服
风把浓烈的柴油味
吹进一个个敏感的鼻孔
又给羽绒服装进
圆鼓鼓的希望

风知道
在大山深处
它很快会觅到更多的
知音

1983 年

绿色的眼睛

山里
白杨树密集的地方
常常藏着一个
村庄
碧绿碧绿的白杨叶子
是山村睁大的眼睛

哦，绿色的眼睛
为什么那样深情地
注视着山村
闪烁的目光　流露着
惊诧、喜悦和激动

这就是那些淳朴的山民吗
带点野气的姑娘
竟烫起时髦的卷发
（而且散乱地披着
像电影新星那样）
还故意扬起高跟皮鞋
响亮地
在石板路上踱步
那个喜欢

爬树捣鸟巢的小伙子
刚从北京回来
神气地挺着胸脯
怀里　知识竞赛的奖品
——彩电和金笔
在蓝天下闪光

这就是那静谧的山乡吗
小工厂在喧腾
集市在叫卖
卡车载着欢笑和希望
自豪地鸣着喇叭
在五保户草房旧址上
落成的农民文化宫里
飞出钢琴和电吉他
不和谐的奏鸣

啊　绿色的眼睛
总是
那样深情地注视着山村
像在阅读一首
描绘春天的抒情诗

1984 年

雪花飘飘

在深山
难得没有一丝风
于是，雪
也变得温柔了
像喝山泉长大的姑娘

雪花飘飘……

那些平顶或尖顶的楼房
（里面住着
大手大脚的农民）
以及楼顶上
树林般的电视天线
在她们的拥抱下
开出洁白的花
沿着山谷的
弯弯曲曲的柏油路
卡车和轿车一辆辆驶过
带走了她们
吱吱的笑声

街心

那些童心未泯的小伙子
竞相堆起雪人
（不害羞，全都是
漂亮时髦的姑娘）
并且毫不吝啬地
为她披上带体温的
咖啡色西服上衣
再系上猩红的领带

雪花飘飘，飘飘……

因为没有风
山里的雪
变得温柔了

1986 年

彩 陶

从
红色的黄色的黑色的
黏土里走来
走出一条条优美的曲线
走出
陶渊明的南山
李太白的明月
宫廷仕女们晚餐后的迪斯科
以及
庄稼人梦中的日子
只是
只是没有人打破这土制的罐子
说不清里面装的什么

一年又一年
彩陶便成了历史
成了诗歌
成了哲学家永远解不开的谜

1988 年

甜甜的工厂

一支歌
唱绿一片叶
一滴汗
浇红一颗果

苹果园
从厚壮的手掌上长出来
长成山
长成海
长成一双双
又喜又急的眼睛

村长坐小车进城去了
回来后
那果实累累的枝头
便又结出
一个甜甜的工厂

1990 年

流向太阳的河

——京津塘高速公路抒情

一条摇光泛彩的河
一条欢腾雀跃的河

溯源而上　竟是
五千年的岁月蹉跎
挟几朵
赵州桥智慧的浪花　在
忧郁的黄土地上
缓缓流过

堤边草长白青青的日子
堤内水漂满黑色的漩涡
纵有涓流汇来隐去
依然是羁羁绊绊碰碰磕磕

终于激怒了
骁勇的北方汉子
挥长桨
舞大橹
搅起沉淀的憧憬
划出潇洒的超脱
且把声音和色彩拼成图案

且让时间和空间重新组合

于是便有了晶莹的远山
于是便有了鲜活的脉搏
世界
日益变大抑或变小
大船和小舟
淌出甜甜的歌
哦——
这奇妙的河

一条源于黄河的河
一条流向太阳的河

1992 年

立交桥

是经线和纬线
热烈地幽会
是亚当和夏娃
搬来的伊甸园
一座座立交桥
痴迷了
绿树红花

再莫咏叹
枯藤老树昏鸦
古道西风瘦马
立交桥
把永驻的春光
把速度和安全
一齐
交给马达

1985 年

采石场抒情

采石人

采石场没有诗
没有楼房
没有炼石补天的女娲

采石场只有石头
只有身强力壮的男子汉
用钢钎
扛起汗水淋淋的生活

而那些
会说话的石头
被汽车拉走了
被火车拽走了　于是
采石人便有了许多
用诗歌砌成的
宫殿

抬石号子

山一样粗犷　石一样铿锵
一声声抬石号子

嵌进赭红色的肩头
就连路上深深的脚印
也贮满悠长的韵味

抑扬顿挫
把酸甜苦辣的日子
打扮得格外绚烂
远方传来马达和汽笛的奏鸣
抬石号子依然响亮

1988 年

冬之韵

——冰灯礼赞

不可名状
是幻觉生出的海市吗
质本洁白　只
因为爱恋因为渴望
才忍受锯割的苦痛
涅槃出这
五彩斑斓的辉煌

于是　便有了不眠的梦
和
闪光的诗

冬天给你晶莹的躯体
而人
给了你魂

1992 年

一位冰雕艺术家的话

在我冷峻的雕刀下
骤然长起
一个丰满的冬天　里面
有洁白的童话爱情的花环
以及
一串串晶莹的赞美
只是　不知有没有人明白
那凛冽的
亭台楼阁人物鸟兽花草树木
在不断释放热能
而春
正沿着透明的轨道
姗姗走来　那
才是我
执着的追求

1988 年

冰　瀑

有星的璀璨花的娇妍
有诗的跳跃画的虚幻
蜃楼海市　钟情于
圣洁的宫殿

有箫声乘鹤而来
有筝音击水而来
古曲悠悠　演奏着
晶莹的冬天

冰瀑　冰瀑
何必叹息生命短暂
就留在诗里画里酣梦里
就留在唇边耳边茶几边
美与时间永存
越是久远
嚼之越甜

1990 年

梦与幻

有几个法术无边的人　偷偷地
把天堂把龙宫把昆仑山
搬到这里　顺便
携几缕飘逸的寒冷
而那些醉醺醺的神仙
也终于辨不出
东西南北春夏秋冬

只有游人是清醒的
走过来又走过去
爆出一声声惊叹　并且
仔细地倾听——
远方悠扬或沉抑的歌
以及岁月欢腾的呼喊
然后　便在旅行包里
装满神仙们的祝福
走向又一处
湖滨或者溶洞

1990 年

回　眸

回眸
一条白色的风景线
笑是白的
梦是白的
偶尔也闪出
彩光点点

回眸
一条斑斓的风景线
花是红的
草是绿的
衬着通体的洁白
撩人心弦

冰灯是灯
有冰冷也有火焰
回眸处
一束束痴迷的目光
唤出春天

1991 年

山村少女

高高的坡地上　你
把山村少女
茁壮的优美
伫立成一支忧郁的
野丁香

年复一年
红小豆蜕化了
玉米越长越小
你种下的并蒂莲
也总拱不出土
只有沉甸甸的记忆
时时散出酸涩

或者你望见了什么
远方有不夜城
　有海市
　有春的秘密

1984 年

山乡广告牌

不仅仅为城市锦上添花
不仅仅在摩天楼下炫耀风采
也踏着泥泞
走向远方的山村
把五光十色的信息
带给乡民

决不是现代派笔下的抽象
你们
只用简单的线条勾勒性格
只把那颗诚实的心
裸向蓝天
于是
供销社的柜台摆满诱惑
庄稼汉的眼里闪出希冀

一刻也耐不得寂寞
你们
不厌其烦地讲述着
那个令人眼花缭乱的世界
那个玫瑰花盛开的早晨

1987 年

五彩路

——八达岭复线公路礼赞

是童话？
是梦幻？
一条飘香溢彩的路，
在巍峨的长城脚下蜿蜒。

石壁上的“五郎像”容光焕发，
路基下的“金鱼池”泛着波澜，
巍巍的“弹琴峡”隧洞门口，
有一条忠实的“龙”日夜值班。

红花，在朝霞里燃烧诗情，
绿叶，在晚风中拨弄琴弦，
还有汽车马达欢快的奏鸣，
与古长城一起跳跃、回旋……

此刻，风沙、峭岩、沟壑，
已经悄悄地躲得很远，
只有筑路人汗水的清香，
永远留在八达岭公路复线。

不是童话，

不是梦幻，

如丝如锦的五彩路，

正在游客的脚下伸延，伸延……

1985 年

水泥厂一瞥

曾经灰蒙蒙的天地
曾经遍是污垢的墙垣
不知躲向哪里　只
留下太阳
留下缪斯
留下一串串用微笑织出的日子

于是
草坪绿了月季开了
随便哪一天　都有
爱的果实落地
那些亭榭花园喷泉
便在恋人们的怀里酣睡
而通向远方的路
醒着

马达轰鸣……
汽笛声声……

1988 年

无　题

——纪念改革开放三十年

一声惊雷
一缕春风
寒冰融化了
阴霾飘散了

冻土下的小草　冲破
层层桎梏
挺拔出勃勃生机

安徽小岗
“大包干”的农民编织出丰收
深圳渔村
高高的脚手架扮靓蓝天
九百六十万平方公里的大舞台
开始上演一幕
惊天动地的正剧

从此，四海五洲
睁大惊讶的眼睛
从此，长江黄河
奏响欢快的乐章……

一切的一切
走向新生走向美丽
一切的一切
炫出色彩聚拢希望

哦，祖国
我为你三十年沧桑巨变的轨迹而骄傲
我为你三十年倾心铸造的辉煌而放歌
我的——
伟大的社会主义祖国

2008 年

党旗飘飘

——献给中国共产党成立九十周年

九十年前那个拂晓
一面旗帜
从嘉兴南湖的红船上
冉冉升起　光芒四射
从此　便有了中国共产党的
党旗
金色的铁锤和镰刀　撞出
茫茫黑夜里的星星之火

党旗飘飘
从南昌城头到井冈竹林
从遵义小楼到大渡铁索
从延安窑洞到海南农舍……
飘过
莽莽田野巍巍山岭滔滔江河
飘过困惑飘过挫折
飘过一次次生与死的抉择

党旗飘飘
党旗下　那些英烈——
李大钊、方志敏、刘胡兰、江竹筠……
用生命诠释道义　彰显

共产党员钢铁般的性格
将热血铸成音符　奏响
解放全人类的奋进之歌
党旗下　那一双双
攥过铁锤镰刀或笔杆的大手
以小米加步枪的坚强
以眼泪和微笑酿成的执着　托起
五星红旗迎风招展的共和国

党旗飘飘
天安门上一代伟人庄严的宣告
辉煌了五千年古国的史册
红船在“春天的故事”里峰回路转
越过一处又一处暗礁漩涡
“三个代表”如洪钟大吕
响彻神州大地每一个角落
科学发展观让中华民族插翅腾飞
和谐社会酿出老百姓甜蜜的生活

党旗飘飘
党旗是抗洪一线高挺的脊梁
党旗是地震灾区大爱的炽热
党旗是神舟飞船冲天的矫健
党旗是百万雄师无敌的魂魄
党旗是工资卡中火红的激动
党旗是责任田里绿色的蓬勃
党旗是联合国大厦中中国声音的铿锵

党旗是十三亿炎黄儿女深情的寄托……

党旗——
是信仰是记忆是史诗是丰碑
党旗——
是希望是号角是豪情是魂魄
迎着历史车轮急骤的风雨
和着时代前行昂扬的脉搏
千秋万代　永不褪色

党旗飘飘！
党旗飘飘！

2011年

长歌忆往

谒狼牙山五勇士塔

——纪念抗日战争全面爆发五十周年

1

地图上
找不到狼牙山的
名字
狼牙山
是一个小小的标点
只写在
血染的诗行里
狼牙山
是一座巍峨的石雕
只嵌在
炎黄子孙的心头

因了五勇士
狼牙山
千古流芳

2

狼牙山的满弓
擎一支银箭

圣洁庄严的五勇士塔
白了
永远飘不尽的云

不想躺进辉煌的史册
接受膜拜
只愿世代沐着风雨
和来来往往的人
谈笑相亲

3

曾毁于黑色炸药
曾毁于红色风暴
毁不掉的
是铮铮作响的
民族魂　以及
支撑塔座的黄褐色的
脊梁

4

拜谒
五勇士塔
我们去探询
父辈血液的构成

没有舍利
没有钟磬
只有石头砌成的
惊天动地的
故事
只有易水河的壮歌
于高高的塔尖上
伫立

5

脚下是祖国的土地
身后是战友和亲人
烈火
灼红了爱灼红了恨
灼红了
每一根跳跃的神经

勇士们　把
燃烧的子弹
石块的弓弩
射成
脚下敌寇的尸体
震天的呐喊
矮了
千尺险峰

6

弹已尽……
石已尽……
誓洒一腔热血
染中华沃土
含笑纵身崖下
把光明的憧憬
留在山头

有云朵飘来
有神仙飘来
深谷幽幽
架一条
五色彩虹

7

四十五年
斗转星移

此刻　棋盘砣上
布满崇高的静谧
血色黄昏
衔一个沉重的思考
溶入那些年轻的脉管

而流出来
必将是一缕缕
灿烂的阳光

8

狼牙山的狼牙秃了
岁月
凝成蓬勃生长的记忆

后来人
从松柏的枝丫上
摘下两支歌
一支属于荆轲
一支属于五勇士

9

时间长出白发
　　长出绿苔
英雄的灵魂不死
死了的　只是
丑恶和黑暗

五勇士全都活着
与属于他们的
岩石山川大地河流

一起活着

10

九月
山谷里的柿子
红了西风
红了如火如荼的
思念

不死的灵魂
远行的勇士
可曾听到
易水河深情的呼唤——
归来
归来

1987 年

寄自关东大地的歌

——致张学良将军

1

五十年的风雨
漂白了岁月

关东大地
处处盛开
火红的达子香

地垄边的苦菜
甜了

2

我遗憾
降生太晚
未曾得见那
炮火中的英姿
囚室里的坚定

可我

从爷爷的嘴里
从一本本历史教科书上
早就认识了
你

3

骊山的华清池
已修葺一新
游客络绎
可它
日夜萦怀的故人
总迟迟不到

4

据说
你住在新竹山
那里多雨吗
傍晚散步
你一定要披好风衣

爷爷曾给我一个
治风湿病的秘方
却不知
该怎样寄

5

东海的台风
吹到松辽平原
便弱了
只有挟来的那颗心
红红的
颤颤的

是在询问关东父老
“别来无恙”吗

6

月朦胧
鸟朦胧

案头
线装《明史》旁的
那束迎春花
五十年了
还是那样娇艳
摇曳着天真

窗外
你放飞的那只小鸟

啁啁啾啾
在说些什么

7

生命之树
常绿
这条
遥远坎坷的路
总该有尽头

在雄伟的山海关上
我擎一束花
等待那个
泪飞如雨的
时刻

1986 年

附录：连禾旧体诗选

龙庆峡风景（七首）

神笔峰

龙庆峡里神笔峰，天造地设一朝成。
信是次仲遗妙笔，留写江山万古情。

鹊桥石

两山夹峙一桥通，千古顽石自有灵。
神仙亦难六根净，朝朝暮暮世俗风。

赏月亭

不思蟾宫折桂枝，只恋清辉共此时。
幸有朋辈小亭聚，把酒临风一首诗。

天　池

一池碧水映天梯，任是神仙也痴迷。
隔壁古刹钟声晚，频催浴女早着衣。

听雨斋

幽谷忽见暮云腾，小憩山庄聆雨声。
抚琴伯牙今何在，高山流水处处逢。

绿浒庄[①]

酒旗一晃迷望眼，曲径通幽待赏玩。
虽无兰宫迎远客，炊烟袅袅绿水边。

飞瀑亭

飞流三千尺，悬崖百丈冰。
一览心旌荡，不虚此山行。

① 绿浒庄为龙庆峡景区里一处乡野风光酒店，其余均为景点。

咏千岛湖

碧波万顷岛千重，三千西子一处逢。
绿岭鸥雀织锦缎，澄湖虾蟹戏船篷。
樯橹直下富春水，渔歌远上黄山峰。
任是妙手泼浓墨，难写江山景与情。

三峡夜渡

猿声不闻波不兴，旖旎风光若朦胧。
隔岸忽见灯一盏，应是神女会巫峰。

东沟赞[①]

不闻边城羌笛曲，但见军营迷彩新。
东风化雨农家乐，军民共建旅游村。

---

① 东沟，为八达岭镇一个行政村，又名“迷彩山庄”。因村旁有驻军，该村便通过军民共建，开发了军训、打靶等与军营生活相关的特色民俗旅游。

后记：我的诗歌创作之路

连 禾

这本诗集是我的第二本诗集，书名定为《等待秋天》。一九九三年，北京十月文艺出版社曾出版了我与谢久忠先生的诗歌作品合集，书名为《遥远的风景》(我的诗集名《恋之梦》)。

《等待秋天》，编选了我从二十世纪八十年代初至二〇一六年创作的一百六十多首诗，其中，部分选自诗集《恋之梦》，多数为一九九三年后的作品。

我自幼喜好文学，当年，在师范读书时就尝试写些东西，迄今五十余年了。这期间，曾用连禾、何紫、禾子、丛中笑、一木、志农等笔名，在国内数十家报刊发表诗歌、小说、散文、报告文学、文学评论等作品五百多篇，约五十余万字。其中数篇获市级以上奖项，并有十余篇被编入国内正式出版的诗歌、散文、小说的选集。一九八六年，加入北京作家协会。

我的本名郤连禾，一九四六年九月三日，出生于北京市延庆县千家店镇。因为姓氏罕见，与人交往时颇费唇舌，后来索性省去姓氏直接用名字连禾，做我最常用的笔名。一九六二年，我考入北京朝阳师范学校（后并入北京第三师范学校，校址在海淀）。一九六五年，我从北京第三师范学校毕业，后来，又进北京师范大学中文系进修，取得大专学历。先后做过小学教师、中学教师、中学教导主任。1983 年，我调入县文化文物局。1988 年，又调任县旅游系统，主要负责旅游宣传。2006 年退休。

关于我的诗歌创作道路，还要追溯到童年所受到的家庭熏陶。

我家祖上务农，兼做一些小生意，家境还算殷实。我父亲青少年时代一直读书，从私塾、国民优级小学直至中等师范（河北省张家口市柴沟堡师范学校），毕业后当过小学教师、校长，在当地算是文化人。家里颇有一些藏书，如《百家姓》《千字文》以及四书五经、明清小说等。在父亲指导下，入小学前我已经认识了一些字，会背诵几首唐诗宋词。初中阶段，我把当时能找到或借到的现代、古代小说读了不少。读师范时，学校办有一本文学刊物，名字叫《桃李园》，我把几首短诗投稿给编辑，很快发表了。此后，便试着给报刊投稿，但多被退回或杳无音讯。当时，县文化馆办有一份油印刊物叫《群众文艺》，是孙钊老师主编的。我便将一些诗歌习作寄过去，大部分发表了。孙钊老师每次给我寄刊物时都会附一封热情洋溢的信予以鼓励。此外，我还将习作寄给在老家教书的孟广臣先生，请他指导。孟老师也是每信必回，精心指点。我想，如果没有孟广臣、孙钊等前辈们的鼓励和支持，我也许终生与文学无缘。师范毕业后，我被分配到一所小学教书。不久，“文化大革命”开始，我的文学梦也随之破灭了。

大约一九七一年年底，报刊呼吁恢复文艺创作（此前，报纸很少发表文学作品）。一九七二年年初，《北京日报》开辟了文艺副刊（似乎叫“育苗”）。创刊号上，文艺部编辑李凤祥老师编发了我的题为《公社的路》的短诗。这无异于给我打了一支兴奋剂，此后便又舞文弄墨起来。作品体裁以诗歌居多。一九七五年，一批北大附中的知识青年来到花盆公社插队，其中有不少文学爱好者，如后来颇有成就的郭小聪、徐冰、陈菲亚、金炎、吴建新、赵鼎生等人。源于对文学的共同爱好，我们很快成为知心朋友，一起创办了油印季刊《烂漫山花》，由我任主编，郭小聪负责文字，徐冰负责美术设计和插图，陈菲亚担任刻版（蜡版）。刊物从知青的视角、以多种文艺形式，反映了当时北京郊区农村的社会生活。

这本设计精美、内容丰富的油印刊物一经面世，便受到社会广泛关注，每期都有稿件被《北京日报》《北京文艺》等报刊选用。著名作家浩然听说后，翻山越岭前往看望，专门为我们办了一次文学创作讲座。《烂漫山花》犹如一朵瑰丽的奇葩绽放于妫川大地，成为当时京郊文学社团自办刊物中的佼佼者，而且坚持将近三年，连续出刊十期（八本），在北京文学界和社会上都产生了一定影响。当时参与编印刊物的几个知青，恢复高考后大多考上大学且多学有所成。如郭小聪成为国际关系学院文化与传播系主任、诗歌评论家，徐冰是国际知名版画家、中央美术学院副院长，吴建新成为比较文学专家，金炎当了影视导演，高尔棣是著名作曲家；陈菲亚、赵鼎生等人则在美国、加拿大等国定居，事业上颇有成就。

一九七五年年末，作为京郊农村的诗人代表，我与中国人民大学的周红兴、李如鸾教授一起，接受了合作撰写《拿起诗歌这个武器》的任务（一九七七年年初出版）。这本文学理论著作，不仅给诗歌爱好者特别是下乡知青以写作指导，对我的诗歌创作也是一次理论上的提升。“文革”结束后的一段时间，我曾致力于长篇政治抒情诗的创作（如四百余行的《扎根派的歌》《青年之歌》等），且都失败了；也陆续写了一些短诗，但数量很少。一九八五年年初，由我发起，联络当时县内诗歌爱好者张夙起、谢久忠、刘利华、王自明、石中元、吴赤宇六人，组建了“七色花”诗社。诗社以“写农民、为农民写”为宗旨，每半月组织一次活动，讨论、评介、修改社员的作品。一九八五年至一九八六年间，“七色花”成员先后在国内报刊发表诗歌一百多首，并在《北京日报（郊区版）》《华声报》《农民日报》等报纸副刊做了“七色花”诗社作品专版。“七色花”诗社是延庆在改革开放后最早创立的文学团体，在当时北京诗歌界也曾有一定影响。大约一九八六年七八月份，我应邀参加了北京市作协组织的被称作“新诗潮”的研讨会（地点在昌平区的红泥沟），见到许多朦胧诗的代表人物，如顾城、林莽、芒克、杨炼等，聆听了北京大学谢冕教授的授课和顾城有点神经质的长篇发言。也是在那次会上，我对于朦胧诗派倡导的新创作手法颇感兴趣；那些新奇的句式、奇特的意象、富于张力的诗句，给我留下深刻印象。于是，我便找了几本朦胧诗来读，吸收其新的表现手法，而对于让人读不懂的“朦胧”则尽量避免。此后，我的诗作也多少带有一些朦胧诗的痕迹。

一九八六年一月，经孟广臣老师介绍，在延庆众多文学爱好者中，我率先加入了北京作家协会，成为继孟广臣先生之后延庆县第二个加入北京作协的人。可以说，二十世纪八十年代到九十年代中期，是我文学创作相对活跃的一个阶段。一九九三年，北京十月文学出版社出版了我的第一部诗集《恋之梦》（责编刘胜旗，孟广臣先生作序）。此后，因为工作等多方面原因，我将大部分精力投入到旅游宣传方面，诗歌作品比较少了，直至二〇〇六年退休。回想起来，我的诗歌作品论数量或质量，都差之甚远，颇感汗颜。

二〇一八年，延庆区作家协会筹措了一笔扶持文学创作的基金，其中包括支持本区作家出版个人作品集，我有幸入列，于是便有了这本诗集的编选。在此，我要衷心感谢延庆区作协的各位领导和文友。对于诗歌，我爱好了几十年，也写了几十年，终于在晚年又能出版一本诗集，于我是一份极大的鼓励。感激、喜悦之余，也增加了自己在诗歌创作道路上走下去的勇气。有生之年，能够在夕阳的余晖中体会诗歌创作带来的快感，将会是一件十分美妙的事。我将继续努力。

二〇一八年十月十七日重阳节于延庆家中

图书在版编目（CIP）数据

等待秋天 / 连禾著 .—北京：作家出版社，2019.10

ISBN 978-7-5212-0738-5

Ⅰ. ①等… Ⅱ. ①连… Ⅲ. ①诗集—中国—当代 Ⅳ. ① I227

中国版本图书馆 CIP 数据核字（2019）第 214038 号

等待秋天

作　　者：连　禾

责任编辑：周李立

装帧设计：薛　怡

出版发行：作家出版社有限公司

社　　址：北京农展馆南里 10 号　　　邮　　编：100125

电话传真：86-10-65067186（发行中心及邮购部）

86-10-65004079（总编室）

E-mail:zuojia @ zuojia.net.cn

http://www.zuojiachubanshe.com

印　　刷：北京明月印务有限责任公司

成品尺寸：142 × 210

字　　数：100 千

印　　张：7.5

版　　次：2019 年 10 月第 1 版

印　　次：2019 年 10 月第 1 次印刷

ISBN 978-7-5212-0738-5

定　　价：35.00 元